Manuel Bianchi poetricity

im Dunkeln schrieb ich
ein Gedicht
doch was drin steht
das siehst du nicht

Manuel Bianchi

poetricity

Urbane Lyrik

Edition Falkenberg

Der Autor

Manuel Bianchi, Jahrgang 1977, lebt immer noch in seiner Geburtsstadt Bremen. Doch auf seinen inneren Reisen wagt er sich hinaus auf die lyrische See und pendelt zwischen den Küsten Japans und Skandinaviens. Dazwischen schreibt er uns seine Gedichte, wie kleine Nachrichten, die er uns per Flaschenpost hinterlässt, um uns von seinen Eindrücken zu berichten.

Abbildung auf dem Umschlag: Manuel Bianchi

1. Auflage 2019

ISBN 978-3-95494-184-1
www.edition-falkenberg.de

www.edition-falkenberg.de

Inhalt

Betriebsanleitung

zum Lesen von Gedichten und anderen poetischen Erzeugnissen

Zunächst einmal, brauchen wir das? Eine Anleitung zum Lesen von Gedichten? Haben wir doch alle gemacht. Wir wachsen auf mit Gedichten, mit Kinderreimen und -liedern, und später lernen wir immer neue Gedichte in der Schule kennen. Doch da fängt das Problem an. Wir lernen dabei zwar sehr viel über Gedichte, über Stilmittel, über den historischen Kontext, wie wir sie analysieren. Aber durch all das, was uns im Deutschunterricht über sie beigebracht wird, verlieren wir meistens die Schönheit der Worte und Zeilen aus den Augen, weil wir die Verse nur noch analytisch betrachten können. Wir verlieren den ganzheitlichen Blick. Gottseidank gibt es einen Weg, wie wir Lyrik wieder richtig genießen können. Er erfordert nur drei einfache Schritte.

Schritt 1:
Vergiss, was du weißt!

Wir wissen so viel. Im Unterricht werden wir vollgestopft mit Versmaß, Metrum, Oxymoron, Alliterationen und anderen Fremdwörtern. Und vielleicht studieren wir noch Germanistik oder altgriechische Literatur und knallen uns die Birne zu mit noch mehr Stoff. Was per se nicht schlecht ist. Wir dürfen es nur nicht im Vordergrund belassen, dieses ganze Zeugs. Wenn wir ein Gedicht genießen wollen, dann ist es nicht wichtig, dass wir den Daktylus erkennen oder das modifizierte Shakespeare-Zitat. Manchmal ist eine Zigarre eben einfach nur eine Zigarre. Schieben wir unser Wissen in den Hintergrund, so dass es mitschwingen kann mit den Versen, wie die kosmische Hintergrundstrahlung. Immer da, aber nicht präsent. Ohne bewusst darüber nachzudenken, wird es trotzdem unser Erlebnis beim Lesen eines Gedichts verändern. Wir dürfen es nur nicht die Kontrolle übernehmen lassen. Denn genau das ist, was wir beim Lesen von Lyrik nicht gebrauchen können: Kontrolle. Was uns direkt zum nächsten Punkt führt.

Schritt 2:
Öffne dich!

Lesen ist nicht einfach nur eine Methode zur Informationsübermittlung. Es ist ein ganzheitliches Erlebnis. Und für das Lesen von Gedichten gilt das im Besonderen. Mit jedem Wort schwingen Assoziationen mit, Erinnerungen, die alle unsere Sinne anregen. Wir müssen das aber zulassen! Wir müssen die Worte durchsickern lassen, an unseren anerzogenen, intellektuellen Filtern vorbei. Damit wir die Worte alle einzeln spüren können.

Schritt 3:
Lies!

Lies leise! Lies laut! Nimm jedes Wort einzeln! Stecke es in deinen Mund und lasse es auf deiner Zunge zergehen, als sei es teure Schokolade. Dann kannst du anfangen, zu genießen. Bist du bereit?

Blåvand 2016

Blaue Lethargie

da ist nichts
rein gar nichts
nur ich und die See
wo sich am Strand die Wellen brechen
jede einzeln
doch zusammen dirigiert
wie ein Orchester blau und weiß

die Sinfonie
lässt mich vergessen
was mein gestauchtes Ich
die Grenze suchen ließ
dass Herz und Hirn
bei Salz und Tang
mit jedem Atemzug
sich neu entfalten
während hinter mir im Gras
die Dünen leise wispern

wie ein Magnet
das große Wasser zieht
an meiner Seele

mein Smartphone
es fehlt in der Tasche
Urlaub

der Ball ist kaputt
Opa macht für seinen Enkel
einen neuen Hut

leer und verlassen
während wir im Urlaub sind
ob sie uns vermisst?

Wo die Trolle wohnen

Die Lärchen stehen dicht an dicht
im Bette ihrer alten Nadeln
Moose überwuchern
was von vergess'nen Pfaden übrig blieb
solltest du sie wandeln
zwischen tausendgrün und dutzendgelb
und dem fahlen Blau der Flechte
halte Ausschau

nach dem Fleisch des Waldes
wo die Bäume sich zur Ruhe legten
und mit der Zeit Gestalt verloren
wo das Federn deiner Schritte
dumpfen Widerhall zum Vorschein bringt
dort wo die alten Wesen
ihre Gänge einst verbargen
halte Ausschau

Narben aus Beton
geschossen in die Landschaft
Monumentestrand
heute sind's nur Mulis
die uns helfen zu erinnern

Ich bin allein
oben auf dem Leuchtturm
das Wellenrauschen
scheint nur ein fernes Echo
Ich mach davon ein Bild

ein freier Himmel
Wolken nur wie hingetupft
das Meer, es glitzert
wo sich die Wellen kräuseln
in einem Kleid aus Sonnenlicht

Der Steg

wo der weiße Sand
des Menschen letzte Grenze ist
ragt ein kleiner Steg
hinein in Neptuns Reich

gezimmert aus den Knochen
junger Wälder
lädt er dich ein
zur letzten Prüfung

auf der linken Seite
bietet ein Geländer Halt
sollte denn dein Wille schwanken
wie die Wellen unter dir

am Ende führen noch zwei Stufen
runter auf die Plattform
auf der Scyllas Pranken
durch die Ritzen fingern
wenn du auf den Planken stehst
kurz bevor du nassen Fußes
wieder heim aufs Festland gehst

Die alltägliche Reise

(ein Straßenbahn-Haibun)

Auch wenn wir es vielleicht gar nicht mehr bemerken, begeben wir uns fast jeden Tag auf eine Reise. Auch wenn es nur eine kleine Reise ist. Wir verlassen unser Heim und machen uns auf den Weg. Dorthin wo wir unser Tagewerk verrichten. Und am Ende des Tages reisen wir wieder zurück. Doch ist die Entfernung zumeist so klein, die Reisedauer so gering, dass wir es gar nicht mehr als Reise im eigentlichen Sinne wahrnehmen.

Ich selbst bin üblicherweise mit der Straßenbahn unterwegs. Jeden Tag treffe ich dort auf die verschiedensten Reisegefährten. Manche treffe ich nur einmal, andere häufiger, einige sogar fast jeden Tag. Dabei kenne ich sie nicht. Ich kenne nicht ihre Geschichte, ihr Leben, ihre Wünsche und Träume. Was geht in ihren Köpfen vor, während sie zwischen den Welten pendeln, die ihr Leben ausmachen?

Aber nicht alle Pendler starren stur vor sich hin oder versenken ihre Nase in Zeitungen, E-Bookreader oder Smartphones. Sie unterhalten sich, sie interagieren, sie leben.

Reisen ist ein großer Teil unseres Lebens. Wir reisen, um voranzukommen, um zu neuen Orten vorzustoßen, manchmal auch, um alte Geister hinter uns zu lassen. Jede Reise hat ihren eigenen besonderen Grund, hinter dem sich die unterschiedlichsten Schicksale verbergen. Wieviel zieht dabei an uns vorüber, ohne dass wir überhaupt Notiz davon nehmen?

Augen verschlossen
Ausgetretene Pfade
vorwärts gestolpert

ich

So einfach

Es könnt so einfach sein
unser Leben
hätt' es nicht so viele
Elemente
Feuer, Wasser, Luft und Erde
wären mir genug
leider sind es ein paar mehr
Merde!

meine Knie
wie sie knarzen und quieken
hörst du sie auch?

leichter Regen
mein Schirm
woanders

mein Arzt
reicht mir nicht die Hand
Eukalyptus

Der Affe

in mir drin
da wohnt er
und nur manchmal
wenn er an den Gittern
seiner Zelle rüttelt
und ich dieses Zittern spüre
tief im Innern meines Brustkorbs
werde ich gewahr
der Weite meiner Seele
wo sich das Tier verbirgt
während ich im Hellen gehe

wann?
fragte mich das Xylophon
mit so vielen Fragezeichen

Echolot
was du nicht siehst
du denkst du fliehst

die neue Waffe
in der Tasche Munition
Drück ab! Tu es! Jetzt!

astro/intro

ich würd' so gerne
implodieren
in mich selbst hinein
wie ein schwarzes Loch
um fortan unbemerkt
als weißer Zwerg
durch die Weite
zu spazieren

ein Marienkäfer
leistet mir Gesellschaft
in meiner Einsamkeit

draußen der Regen
doch jenseits des Ozeans
schwebt mein Herz allein

Stätten der Kindheit
Paralleluniversum
war ich jemals da?

Architektur I

in meinen Träumen
haben alle Häuser
viel mehr Räume
als in Wirklichkeit

dabei sind sie größer
als die Originale
immer
meine zusätzlichen
Zimmer

Tage sind's nun schon
und ich starre sie nur an
die weiße Leinwand

die Tube
mit der weißen Farbe
so schwer in meiner Hand

sei mein Gast
kleine Wespe

achtlos verloren
die kleine Kupfermünze
ich hebe sie auf

Mittelmäßig

Ich wollt' wie Orpheus singen
hat Reinhard May dereinst gesungen
dabei fänd ich's schon gelungen
wenn ich so mittelmäßig sei
wie Reinhard May

Der Kuss

(ein Straßenbahn-Haibun)

Viele Gesten, die wir im zwischenmenschlichen Kontext benutzen, haben einen Ursprung, so alt, dass wir meistens gar nicht mehr wissen, welcher Ursprung dahinter steckt. Warum schütteln wir uns die Hände zur Begrüßung? Warum küssen wir uns?
In unserem Kulturkreis ist der Kuss ein Zeichen der Zuneigung. Wobei es da verschiedene Abstufungen gibt. Es gibt den leichten, vielleicht sogar nur angedeuteten Kuss auf die Wange zur Begrüßung. Und auf der anderen Seite der Skala finden wir den leidenschaftlichen Zungenkuss zweier Liebender. Über den Ursprung dieser liebevollen Geste gibt es verschiedene Theorien. Die bekannteste ist wohl die, dass der Kuss ursprünglich der Fütterung kleiner Babys diente, die ihre Nahrung noch nicht kauen konnten. Die Mutter hat die Nahrung vorgekaut und dann durch einen Kuss an ihr Baby weitergegeben. An sich klingt das plausibel. Aber in unserer weit entwickelten Zivilisation werden wir dieses archaisch anmutende Verhalten wohl eher nicht mehr beobachten. Dachte ich.
Bis ich es selbst beobachten konnte. In der Straßenbahn, ein paar Sitzreihen von mir entfernt, saß eine Mutter mit ihrem Kind. Die Mutter mag wohl Anfang bis Mitte dreißig gewesen sein, das Kind, ein kleines Mädchen, war noch im Krabbelalter, machte aber einen ziemlich aufgeweckten Eindruck. Sie nahm etwas zu essen aus einem Beutel. Ich konnte es nicht wirklich erkennen, ich dvachte an Mäusespeck, Süßkram. Das kleine Mädchen wollte etwas abhaben. Aber anstatt es ihr in die Hand zu

geben, gab die Mutter ihrem Kind einen Kuss und übergab dabei einen Teil von dem, was sie bereits in ihrem Mund hatte. Zuerst dachte ich, ich hätte mich versehen. Aber sie tat es wieder und wieder. Sie fütterte ihr Kind, indem sie es küsste.
Manch einer würde dabei vielleicht angeekelt reagieren. Aber ich bin selbst Vater eines kleinen Sohnes. Und wenn es eine universale Konstante in der Kindererziehung gibt, dann die, dass frische Eltern relativ schnell eine andere Einstellung zu Körperflüssigkeiten und ähnlichen Produkten des Körpers entwickeln.

der Kuss des Lebens
der mütterlichen Liebe
alltäglicher Beweis

du

b-Moll

ich schrieb Dir
ein Gedicht

doch dann
gingst du fort

so bleibt es
unvollendet

atme ein!
kannst du es fühlen? dieses
Prickeln auf der Großhirnrinde

welche Dimension
durchkreuzten wir gemeinsam
letzte Nacht

Sündenfalle

durch den Aether
unsere Sünden

durch das Wispern
unserer Lust

durch die Filter
unserer Seelen

was uns bleibt
Kontrollverlust

vom Frost gezeichnet
deine laufende Nase
den Schal vergessen
doch als die Flocken rieseln
fängst du sie mit der Zunge

Der Wärme Duft

der Wärme Duft
wie er von den
samtig Feldern deiner Haut
hinaufsteigt und von mir
geerntet wird
wenn ich mit meinen Lippen
jeden Weg beschreibe
den ich auf den
Flanken deiner Hügel
zu lustwandeln bereit

so nasch ich denn
von reifen Früchten
die mir willig
in den Schoß gefallen
und gehe tauchen
in den tiefen Teichen
die sich mir nur
offenbaren

bis ich wohlig und erschöpft
mich sanft in deine
Landschaft schmiege
und bade in
der Wärme Duft

die Wellen brechen
im Rhythmus der Gezeiten
die Sonne versinkt
und wenn die Sterne kommen
denke ich an dich

Lolita

zu viel Schminke
die deine Jugend
überdeckt

dabei strotzt du nur
vor Kraft und Leidenschaft
dass alle Köpfe

mit ihren Blicken
an dir kleben bleiben

sind so viele Schichten
die uns voneinander trennen
Wolle, Polyester
doch wenn die Wollust übernimmt
sind sie, als auch Vernunft, verloren

Schwarzer Tee mit Milch

verzeih mir, wenn ich starre

schau ich doch nur
deinen Haaren zu
wie ihre Spitzen
über deinen blanken Schultern
schweben

und ich wünscht'
ich sähe sie wachsen
bis sie dich am Schlüsselbeine
kitzeln

doch werd' ich so furchtbar abgelenkt

von deinen blauen Augen
die im Zentrum deines Antlitz
wie zwei Kandisklunker
funkeln

könnt ich doch ewiglich
in ihrem Lichte baden

doch werd' ich magisch angezogen

von deinen vollen Lippen
die wie ein weiches Sofa
südlich deiner Nase
thronen

und in denen ich versinken möchte

wie in einem Meer
aus schwarzem Tee
mit Milch

dein Antlitz
wenn du dich mir niederlegst
ekstatisch losgelöst
fühlen wir nach neuen Wegen
ineinander zu versinken

Strawberry Mojito

ich wollt
ich wär
dein Strawberry Mojito

Limette, Minze
Eis und Zucker
alles hat die Farben
deiner Lippen
wie sie als Erdbeere aus süßem Fleisch
in deinem Antlitz thronen

und ich
bin nur
dein Strawberry Mojito

mit dem Strohhalm
in der gleichen Farbe
wie deine Haare
wie sie locker dein Gesicht umspielen
und mit deiner Brille
einen Rahmen bilden

für deine Stubsnase
und deinen Erdbeermund
mit dem du mich verschlingst

mich
deinen Strawberry Mojito

tonnenschwer
legt sich der Sommer über alles
du klebst

auf meinem Mund
dein verschmierter Lippenstift
du atmest so schnell

sind deine Brüste
wie Berge oder Wolkenkratzer
gleichwohl ich sie erklimme

Vanille

Vanille
wie der Wärme Duft von ihrer Haut
der mich in ihren Bann zieht
und nicht mehr loslässt
wie die Schwerkraft eines weißen Zwergs
der seine Bahnen durch mein Universum zieht
wie eine Kugel Eiscreme
Vanille

Vanille
wie die Farbe deiner Zähne
die du bleckst, jedes Mal
wenn du deinen Kopf zurückwirfst
wenn ich diesen Punkt finde
den du so gern vor mir versteckst
doch jetzt schleck ich dran
wie an einer Kugel Eis
Vanille

Tango-Haibun

es fängt an
wenn du deine rechte Hand in meine linke legst
ich ziehe sie an mich
als würd ich an ihr riechen wollen
und du folgst
kommst ganz nah an mich heran
so dass ich meinen rechten Arm
um deine Taille schlingen kann

ganz nah
sind wir fast ineinander
jede Lage Stoff
die uns noch trennt
ich kann sie spüren
kann spüren
wie du deinen Busen
an mich presst

deine freie Hand
umschmeichelt meinen Nacken
während unsere Beine
aneinander reiben
und unsere Knie
im Einklang schwingen
zu den Tönen
des Bandoneons

sing für uns Carlos
auf dass wir uns verschmelzen
mit dem ersten Schritt

Müdigkeit

(ein Straßenbahn-Haibun)

Wenn man regelmäßig mit der Straßenbahn fährt, macht man das zumeist zu den gleichen Zeiten. Genauso wie viele andere Passagiere auch. Das heißt, man sieht bestimmte Gesichter immer wieder. Manche öfter, manche seltener. Manchmal wird man auch von eher geisterhaften Erscheinungen begleitet. Zombieartige Gestalten, die halb gehend, halb wankend das Innere der Bahn besteigen, in der Hoffnung, noch einen Sitzplatz zu ergattern. Wobei sie da nicht wählerisch sind. Hauptsache sitzen. Denn wenn man sitzt, kann man auch die Augen zumachen. Nur ein bisschen. So schunkelt man dann gemeinsam mit den anderen Zufrühaufstehern im Takt der Haltestellen, bis man die eigene (beinahe) verpasst hat und dann auf einmal hellwach ist.

zum Sonnenaufgang
die schlafende Armada
pendelnde Häupter

es

Wintergruß

der Winter
schickt uns einen letzten Gruß
wo wir die ersten Blüten schon ersehnten
kleidet er das Land in weiß
wie eine tote Braut

ob stählerne Gerippe
oder kahle Äste
sie ächzen unter kalten Lasten
und wiegen sich im Winde
der schwanger trägt von Vater Frost
und alles niederzwingt

selbst menschgemachte Ungetüme
ergeben sich der kalten Pracht
doch trotz aller Macht die er zu bieten hat
ist auch seine Zeit begrenzt
und wir hüllen uns in Schal und Mütze
bis er dem Frühling weichen wird

viereinhalb Stunden
gefangen im Transporterstrahl
zwischendurch tanken

ein schmales Brett
darunter Ewigkeit
jetzt

das schwarze Loch
größtmögliche Verdichtung
Naturgesetz?

die Sonne
schwimmt im Teich
Koi

der Mais steht hoch
die Grillen warten
auf die Ernte

das Rascheln
als Erinnerung
an Wind

Mondenlicht

siehst du ihn manchmal auch am Tage
wenn er scheu nur seine Wölbung zeigt

und sich vielleicht verkleidet
als eine kleine runde Wolke

wie prachtvoll scheint er doch des Nachts
wenn seine Schwester sich zu Bette legt

zur Mittagsstunde
offenbart das Glitzern uns
die sanften Wellen
die der Schwan uns hinterließ
als letzten Gruß des Sommers

Möhren lagert man
in feuchter Heimaterde
wie Vampire

die kleine Hand
greift nach der Kreide
oh, das Geräusch der Tafel

durch die Wolken
scheint die weiße Scheibe
so viel Dunst
dass man denken könnt'
es sei bloß der Mond

Abendwind
in den Bambuswäldern
das Spiel der Flöte

weißer Hauch
auf kahlen Ästen; wo sind
meine Handschuhe?

tief am Meeresgrund
in der vergess'nen Stadt
dort schläft er, träumt
vom Untergang; während über ihm
die Wellen ziellos wandern

Mein Platz

(ein Straßenbahn-Haibun)

Gewohnheiten bestimmen unser Alltagsleben. Das fängt an mit Morgentoilette und Frühstück und hört damit auf, welche Art von Schlafanzug wir tragen (oder gar ob). Wenn wir uns auf unsere alltägliche Fahrt machen, mit den öffentlichen Verkehrsmitteln, dann spielt die Gewohnheit auch da eine nicht unwesentliche Rolle. An welcher Stelle betreten wir die Straßenbahn? Eher im vorderen oder im hinteren Teil? Und, noch viel wichtiger, wo setzen wir uns hin? Bevorzugen wir einen Einzelplatz? Was ist, wenn die besten Plätze schon besetzt sind? Setzen wir uns dann einfach direkt neben wildfremde Leute? Oder stehen wir dann lieber?

Mit den Jahren haben sich da bei mir ganz eigene Muster entwickelt. Mein gewählter Sitzplatz ist dabei abhängig von der Tageszeit, meinem Ziel und sogar von der Baureihe der Straßenbahn. Und sollte mein Lieblingsplatz bereits besetzt sein, habe ich eine relativ feste Reihenfolge an Alternativplätzen, die ich nacheinander »abarbeite«. Und manchmal stehe ich auch lieber. Meistens auf dem Heimweg, nachdem ich den ganzen Tag im Büro gesessen hatte.

Es ist schon erstaunlich, welchen Aufwand ich betreibe, nur um diese eine Gewohnheit aufrechtzuerhalten.

Auf eine spezielle Art und Weise erinnert mich das an mein Elternhaus, wo ich auch mal einen festen Platz am Esstisch hatte. Irgendwann hatten meine Eltern fast den kompletten Wohnbereich neu gestaltet. Der Esstisch stand an einer ganz anderen Stelle. Mein Platz war Vergangenheit. Es dauerte eine ganze Weile, bis ich mich an diesen Umstand gewöhnt hatte. Ähnlich fühlt es sich an, wenn in der Straßenbahn jemand auf »meinem Platz« sitzt. Fast wie ein Eindringen in meine Privatsphäre.

auf meiner Reise
täglich ein Stück Heimat
wo ich auch sitze

die anderen

Sturmwalzer

ich wünschte mir
ein Sturm würd kommen
der uns in Gänze einverleibt

das heißt
was von uns noch übrig bleibt
ausgemergelt unsere Leiber

ohne Kleider
nur die straff gespannte Haut
die geborstenes zusammenhält

leere Augen
die Gesichter abgestumpft
lang vergessen was wir einst

besessen hatten
nur ein letzter Funken Seele noch
der den Zorn am Leben hält

und ruft

den Sturm
der die Reste unserer Selbst
zur finalen Rache hebt

zu den Eignern
die uns Jahr und Tag geknechtet
haben sie uns längst vergessen

wohl entspannt
sitzen sie in ihren Schlössern
hinter gläsernen Fassaden

heben sie
das volle Glas; doch der fette
Braten bleibt ihnen

im Halse stecken
wenn unsere Leiber windgetragen
wuchtig an ihr Fenster schlagen

halt uns wach, liebste
Scheherazade; auf dass wir
nicht verstummen

im Burkini
umarmt sie das Meer
schau wie sie lacht

Das Kopftuch

ob erzwungen
oder freiwillig
oder irgendwas dazwischen
seh' ich doch was wesentlich
und das ist
dein Gesicht

wie frei der Himmel
an dem die Sterne blitzen
so beschränkt sind wir
die wir uns selbst nicht gönnen
was die Götter uns geschenkt

(geschrieben in der Nacht vom 13. auf den 14. November 2015)

Limerick Nr. 3

Einst gab es einen Mann
der hasste
alles
was sein Herz
nicht fasste
doch Gottseidank
ging die Welt einen anderen Gang

masel tov

Alkohol

(ein Straßenbahn-Haibun)

Der Wunsch nach einem Rausch scheint eine universelle Konstante der menschlichen Existenz zu sein. Doch jeder Rausch hat einen Preis. Und es sind die Situationen, in denen wir es eigentlich nicht erwarten, wo der Alkohol seine böse Fratze zeigt. Wo er zeigt, dass er nicht nur der Rausch- und Freudenbringer ist, sondern auch eine Geißel. Wenn wir zum Beispiel in der Bahn sitzen, um uns herum nur normal aussehende Leute, und wir uns fragen, von wem diese säuerliche Note ausgeht, die so charakteristisch ist, für das, was landläufig Alkoholmissbrauch genannt wird. Aber wer missbraucht da eigentlich wen? Wenn das eigentliche Genussmittel zu einem Lebenselixier wird, ohne das man nicht mehr den Mut findet, die eigene Wohnung zu verlassen. Wenn man das eigene Leben nicht mehr zu ertragen vermag, ohne den Alkohol. Wenn man schon so tief verwurzelt ist in dieser Gewohnheit, dass man sie gar nicht mehr in Frage stellt. Dabei kann es so schnell gehen und wir selbst sind in dieser Situation. Und dann bemerken andere Mitfahrer in der Bahn diese säuerliche Note, wie sie von uns ausgeht. Denn Anfangen tut es immer mit nur einem Glas.

klare Flüssigkeit
die uns nicht mehr loslässt
wie ein schwarzes Loch

die Stadt

Im Einklang

SEIN
TUN

S E I N
T U N

STEUINN

STEuINn

STEIN

in der Ferne
die Lichter deiner Stadt
sie flimmern von der Hitze
die der Tag zurückgelassen
du wartest auf den Regen

Poetricity

es sind nur Steine
Steine und Asphalt
dazwischen Ungetüme
aus Plastik und Metall
die sich gegenseitig jagen
bis sie innerlich verbrannt sind

von Materie
zu Materialien
einfach und komplex
äonenalt verborgen
doch geborgen, aus der Kruste
von jüngst erst möglichen Geschöpfen

wieder lebend
neugeboren
als Symbiose
aus altem Erz
und jungen Menschen
überschäumender Koloss

der Wind streicht sachte
um das alte Mauerwerk
und mit dem Mörtel
bröckelt die Erinnerung
von dem, was einst gewesen

Sommernacht am Fluss

die Lichter
sie knistern und schneiden
durch den dunklen Brei
der Sommernacht

zwischen breiten Ufern
spiegelt sich die Stadt
bis mit der Flut
der neue Morgen kommt

nachts auf dem Balkon
streicht der Wind um mein Gesicht
unter mir die Stadt
Straßen dösen vor sich hin
von Laternen eingerahmten

Tattoo I

die Zeit, sie malt
auf unserer Seelen haut
mit schwerer Tinte
und nadelspitzem Stift

doch werden alte Bilder
überdeckt von neuen Narben
solange bis
wir im Inneren
erstarren

Augen abgestumpft
zwischen stein- und wintergrau
die Sonne überrascht

meine Katze hat
einen neuen Fernseher
Aquarium

Straßen füllen sich
Menschen suchen Sonnenlicht
die Stadt erwacht

Kardiologie/Autopsie

schneid mich auf
brich mir die Rippen
und nimm es heraus
wenn du es findest
zwischen den Lappen meiner Lunge
den Lappen meiner Lunge

schau's dir an
von allen Seiten
dann trenn sie auf
jede Kammer einzeln
was du dort findest
es ist nicht das was du suchst
nicht das was du suchst

die grellen Lichter
überfluten das Abteil
außerhalb das Nichts

warmer Nachtwind
streicht um das Wartehäuschen
die Zigarette ist elektrisch

Veränderung
(ein Straßenbahn-Haibun)

Die Welt ist im Wandel. Wo hab ich das schon mal gehört? Aber es ist eine Tatsache, nichts ist ein so wesentlicher Bestandteil dieser Welt wie die Veränderung. Demgegenüber stehen die wahrscheinlich größtmöglichen Beharrungskräfte unserer Psyche, die beständig gegen diesen Wandel in der äußeren Welt ankämpfen. Ganz ehrlich, am liebsten würden wir doch alle achtzehn bleiben, wenn wir könnten. Mit all der Unbekümmertheit und dem Unwissen der Jugend, aber vollem Wahlrecht, Fahrerlaubnis und Erwachsenenfilmen. Aber das tun wir nicht. Wir werden älter, machen Erfahrungen, werden erwachsen. Und innen drin, ganz tief, kämpft unser Kind-Ich ums Überleben. Dieser kleine Teil unserer Psyche, der damals schon dagegen war, eingeschult zu werden, weil, im Kindergarten war's doch viel schöner. Also sperren wir uns gegen Veränderungen, auch wenn das eher im Unterbewussten geschieht. Und genau darum bemerken wir den alljährlichen Fahrplanwechsel immer erst dann, wenn wir gerade unsere Bahn verpasst haben.

alle zehn Minuten
außer im Sommer
oder in Eile

Philadelphia 2018

Disconnected

kein Telefon
kein Internet

kein Auto
kein Geld

just me

kein Wecker
kein Termin

kein Weg ist
vorbestimmt

just free

Marshmallow Fluff

die Wolken
wie geschmolzen
in der Mittagssonne

von der Hitze aufgelöst
wie Zuckerwatte
über meinem Kopf

fremde Muster
die die Weite überspannen
und mir sagen

du bist nicht zu Hause

Zivilisation

wir kleiden uns
in Schichten

Autos, Häuser
Einkaufszentren

wie in zu viel
Zuckerwatte eingewickelt

das Außerhalb
ist abgedämmt

und wollen wir
nach draußen reichen

müssen wir uns
durch die Watte fressen

innen/außen

drehende Schatten
des Deckenventilators
sie irritieren

ich atme die gekühlte
Luft der Klimaanlage

durch das Fenster sehe ich
wie die Sonne niederbrennt

ich meide die massive
Schwüle und bleibe lieber

innerhalb der regulier-
ten Enklave meiner Welt

die Abendsonne
gießt den Horizont
in Bernstein
versiegelt den Tag
und mit ihm die Erinnerung

Bacchus Altar

(ein Straßenbahn-Haibun)

Eine Straßenbahn ist ein so simples Transportmittel. Manchmal sind es eher die Stationen am Wegesrand, die außergewöhnlich sind. Wenn auch nicht unbedingt auf den ersten Blick. Ein Varieté Theater erscheint als eine so profane Art der Unterhaltung. Während man ein Drei-Gänge-Menü genießt, ergötzt man sich an den Vorstellungen der Artisten und Clowns auf der Bühne. So profan. Dabei ist es im Kern eigentlich das genaue Gegenteil. Es ist ein Gottesdienst. Und wir, die wir diverse Sinnesfreuden konsumieren, sind eigentlich Zeugen eines großen Opferganges. Als Zuschauer spüren wir es vielleicht nur, wenn uns diese Faszination überkommt, dieser Zauber, der von uns Besitz ergreift. Wenn unser inneres Kind große Augen macht, weil es nicht glauben kann, was es da sieht. Die Männer und Frauen, die ihr ganzes Leben der Artistik gewidmet haben, mit ihren ausdefinierten Körpern, die ihre Kunststücke ein Leben lang geübt haben, und dafür alles andere von sich gestoßen haben, was das Leben ihnen hätte bieten können. Sie denken vielleicht, dass sie es für den Applaus tun. Doch wenn sie dort auf der Bühne stehen, und sich selbst auf dem Altar des Bacchus opfern, erinnern sie uns an etwas, das wir eigentlich durch unseren Besuch des Varietés vergessen machen wollten. Vielleicht vergessen wir es tatsächlich, in unseren vordergründigen Gedanken. Aber tief in uns drin, da spüren wir es, und es lässt uns Schauer den Rücken runterlaufen. Unsere eigene Sterblichkeit.

feinstes Porzellan
die Masken, die sie tragen
Priester unerkannt

Limerick Nr. 1

wer's schafft, sich selbst ins Knie zu ficken
sollte es als Bild verschicken
so dass die Welt lacht
und fragt sich wer macht
denn sowas um sich zu erquicken?